Pequeno tratado de gatunagem

Claudia Ribeiro do Valle

PEQUENO TRATADO DE GATUNAGEM

1ª Edição
POD

Petrópolis
KBR
2012

Edição e revisão **KBR**
Editoração **APED**
Capa **KBR, sobre ilustração de Milton Eiras Duarte**

ISBN: 978-85-64046-98-6

KBR Editora Digital Ltda.
www.kbrdigital.com.br
atendimento@kbrdigital.com.br
55 24 2222.3491

B 869.8 Contos e crônicas

Claudia Ribeiro do Valle nasceu no Algarve, mas mora desde criança no Rio de Janeiro. Já foi professora e matemática, agora é escritora. Em crônicas leves, despretensiosas e bem-humoradas, aborda temas do cotidiano moderno. Acredita que rir ainda é o melhor remédio e que o riso também é capaz de provocar reflexões profundas.

E-mail: cgrv@terra.com.br

Para Fernando,
meu marido e incentivador.

*Agradeço ao Cairo de Assis Trindade e sua
Oficina de Literatura por conduzirem
com firmeza meus primeiros passos como escritora.
Tenho consciência de que sou apenas mais uma no
imenso universo de pessoas que são gratas a esse
generoso catalizador de ideias literárias.*

Sumário

CLAUDIA RIBEIRO DO VALLE

Preâmbulo

Eu poderia estar roubando, assaltando, matando, mas estou aqui pedindo. Dá um trocado aí, só pra me ajudar, tia!

Eu poderia estar defendendo bandido, político salafrário, mas estou aqui representando um cidadão honesto. Dá uma força aí na sentença, Meritíssimo, só para me ajudar.

Eu poderia estar vendendo remédio falsificado, mercadoria roubada, CD pirata, mas estou aqui mostrando o meu artesanato. Leva essa bolsa de fuxico, só pra me ajudar, madame!

Eu poderia estar na Avenida Atlântica, de minissaia, rodando bolsinha, mas estou aqui trabalhando no marketing. Assina essa revista, moço, só pra me ajudar!

Eu poderia estar receitando tarja preta, fórmulas milagrosas para emagrecer, escondendo a verdade dos pacientes, mas estou aqui oferecendo tratamento estético. Que tal uma prótese de silicone, minha cara, só para me ajudar?

Eu poderia estar escrevendo autoajuda, horóscopo, livrinho de sacanagem, mas estou aqui tentando fazer graça. Ri um pouco aí, leitor, só pra me ajudar!

Viva a polca!
Machado de Assis, em *Um Homem Célebre*

PAQUERA

Conheci aquele deus grego num barzinho do Leblon, no começo de uma noite de sexta-feira. Como eu andava meio deprê, a Nair e a Vera resolveram me carregar direto do trabalho pra tomar um chopinho. O cara se chamava Leonardo e estava com um amigo, na mesa ao lado. O amigo puxou assunto com a Vera e ficamos por ali, os cinco, naquela conversa de botequim, zoando. Ao final da noite, trocamos números de celular.

Nem acreditei quando o Leonardo me ligou na segunda-feira, dizendo que tinha me achado muito legal e gostado do meu jeito. Era emoção demais, mas não entreguei o jogo. Tinha observado que ele era do tipo que não falava muito. Batemos papo por telefone a semana toda, eu tagarelando, ele ouvindo. Marcamos encontro para o fim de semana no mesmo local onde tínhamos nos conhecido. A essa altura do campeonato, minha animação já era total.

O encontro foi um barato. Rolou um clima e Leonardo pediu o meu e-mail. Disse que ia viajar a trabalho no dia seguinte, mas estaria de volta em uma semana, e perguntou se poderíamos nos encontrar no sábado. Enquanto estivesse ausente do Rio, manteria contato pela internet. Claro que não era a mesma coisa que estar ao vivo. Mas servia. Leo acrescentou que não teria muito tempo disponível durante aquela semana, mas, cada vez que me repassasse algum e-mail, eu saberia que ele estava pensando em mim. A-do-rei!!

Naquele mesmo dia, recebi a primeira mensagem dele: um pps edificante sobre a vida. Cafona. Mas como a música era bonita e o Leonardo lindo, achei maravilhoso. Seguiram-se outros e-mails na mesma linha, entremeados com alguns meio pornográficos, meio escatológicos, com fotos de mulheres peladas. Ridículos. De mau gosto. Um deles veio acompanhado de um bilhete escrito por Leonardo, dizendo que era só para a gente rir, porque ele tinha para comigo "as melhores *intensões*" e "com certeza que o nosso *relassionamento* possa estar se tornando *expetacular*".

Nem respondi. Ainda bem que ele não sabia o número do meu telefone fixo. Mudei de e-mail, troquei o celular e nunca mais apareci no tal barzinho do Leblon. Bendita internet!

PLAYBOY

— Senta um pouco aí, Artur, que eu preciso falar um assunto sério com você.

— Cruzes, Maria Lúcia, que coisa mais solene. É o quê?

— Vou direto ao ponto: aceitei posar pra *Playboy*.

— O quê!? Tá maluca!? Hahaha!

— Nem um pouco. Sabe aquela festa na casa da Marília? Aquela que você não quis ir porque disse que seria uma chatice? Lá conheci um editor da *Playboy* e ele me fez o convite. Pensei nisso a semana toda. Hoje ele me ligou e resolvi aceitar.

— Maria Lúcia, você tem quase cinquenta anos!!

— Exatamente. Vai haver uma reportagem só com mulheres maduras e ele acha que eu ainda dou um bom caldo. E o que não sair legal, eles retocam. Ou você acha que, ao vivo, todas aquelas mulheres lindas são mesmo tão lindas assim?

— Mas você já é avó! O que vão dizer os nossos netos?

— Nada, Artur. O mais velho acabou de completar quatro anos e o outro ainda nem fala. Não vão ler a *Playboy*.

— E os nossos filhos? Vão morrer de vergonha!

— Não vivem dizendo para nós vivermos a nossa vida, que eles sabem se cuidar?

— E eu?! Nunca mais vou me livrar da fama de corno babaca.

— Artur, eu não vou te trair. Só vou fazer algumas fotos!

— Minha mulher, nua, pra todo mundo olhar, em tudo que é banca?! Nem pensar!

— Artur, eu não sou famosa, não tenho cacife pra ser capa da *Playboy*. Só vou aparecer nas páginas de dentro.

— Mesmo assim, eu só escapo das gozações se me mudar pra outro país. De preferência, muçulmano.

— Não ironiza. Já decidi. E é melhor você saber logo que é nu total mesmo. O editor diz que vai vender muito. Esse negócio de coroa tá na moda. Passa um ar de experiência.

— Pior ainda!! De jeito nenhum!!! Nem me mudando pro Irã vou deixar de ser apontado na rua. Olha aqui: é pelo dinheiro? Quanto eles tão te pagando?

— Uma nota. Mas não é só pela grana. É o meu ego também. Você quase não me dá mais bola. E, cá entre nós, acho que ainda estou muito em forma pra minha idade.

— Como é que você pode dizer que eu não te dou bola? Eu te amo, Maria Lúcia. Olha: eu te dou o mesmo pra você desistir dessa ideia maluca.

— Resolve uma parte, mas o dinheiro não é tudo.

— Então vou comprar todas as revistas. Nenhum conhecido vai ver fotos de minha mulher nua.

— Você sabe qual é a tiragem da *Playboy*? Cada revista custa quase onze reais. Faz as contas. Nem vendendo o nosso apartamento.

— Então te pago o dobro do que eles vão te pagar.

— Puxa, achava que você ia resistir um pouco, mas depois sentiria orgulho de mim. Sinceramente, não esperava uma reação tão careta.

— Olha, além disso, pra te compensar, a gente faz uma viagem pra Paris. Uma segunda lua de mel, como você sempre sonhou.

— Hotel cinco estrelas?

— Com champanhe francês todo dia.

— Além do pagamento?

— Claro, meu amor...

— Não prometo nada, mas vou pensar.

***

— Maria Lúcia, o Artur me ligou desesperado por causa dessa história da *Playboy*. Implorou pra eu interceder junto a você. Eu confirmei tudo, como você pediu, e acho que ele não desconfiou de nada.

— Obrigada, Marília. Valeu mesmo. Ele caiu direitinho. Não te disse que eu ia dar um jeito de trocar de carro? Pois é. Ainda vai sobrar um troco pra renovar o guarda-roupa. Sem falar na viagem pra Paris, com tudo que tem direito.

— Mas ele engoliu mesmo essa história de você posar nua?

— Numa boa. O Artur me ama. Se não fosse assim, como é que ia acreditar que alguém vai pagar pra me ver nua? Eu sou quase uma cinquentona, Marília. Uma avó! Estria e celulite pra tudo que é lado. Nem o photoshop dá jeito...

— Se a mulherada descobre o golpe...

— Melhor o assunto ficar só entre nós, Marília. Tem um monte de cara por aí só esperando uma desculpa dessas pra se mandar de casa. São até capazes de contratar um ator pra se passar por olheiro da *Playboy*. Corri um risco danado, amiga. Já imaginou se não desse certo?

Ciúme

— Pensa que eu não vi você olhando pra Helena?

— Você é maluca. Vê problemas por toda parte. É melhor comprar logo uns antolhos de cavalo pra mim. Vou ser obrigado a olhar só pra frente.

— Não é pra cavalo, é mais pra burro. A ideia não é de todo má. E foi você quem deu.

— Assim fica difícil a gente se entender.

— Fica mesmo. Você pensa que, toda vez que a gente sai com a Helena e o Renato, eu não percebo? Tá achando que sou cega, é?

— Você tá é surtando.

— Te digo mais: o Renato também tá de olho em você. Já surpreendi várias vezes aquela cara de corno manso te observando na encolha.

***

— Helena, não dá mais pra segurar. Se não falar, eu explodo. Pensa que não vejo como você se comporta com o meu marido?

— Foi bom você ligar. Eu ia te telefonar agora mesmo.

— É isso aí, minha filha: pode abrir o jogo, Eu tô preparada pra tudo.

— É que o Renato...

— Já sei: vai me dizer que o Renato não te entende, e aquelas bobagens todas de mulher sem-vergonha. Descarada! Por que é que a gente confia em amiga?

— Mas...

— Nem mas, nem meio mas. Safados! Você e o meu marido! Quem diria? Vou ter que fazer análise um tempão. Vou colocar a conta do analista na pensão alimentícia. Vou deixar o cretino na miséria, com uma mão na frente e a outra atrás. Não vou deixar barato. Vocês vão ver o que é bom pra tosse.

— É melhor você pegar um bom analista mesmo. Tá precisando.

— Eu não disse? Piranha!

— Que piranha? Você nem me deixa falar. O Renato acabou de ter uma conversa séria comigo. Vai me deixar.

— Esperava o quê?

— O teu marido também vai te deixar.

— Eu é que vou deixar ele.

— Ah, é? Pois saiba que os dois combinaram sair de casa hoje. Estão apaixonados. Vão morar juntos. Decidiram casar.

Ainda deu para ouvir um suspiro do outro lado da linha, antes do baque da queda.

IDADE

Aos trinta me achei velha e com saudade dos vinte. Aos quarenta me lamentei pelos trinta. Comecei a desconfiar que, aos cinquenta, sentiria falta dos quarenta. Foi exatamente o que aconteceu. Agora tenho certeza de que aos sessenta vou sentir saudade dos cinquenta. Chega de perder tempo. Este ano vou comemorar meu aniversário com uma festa de arromba.

Uma Coroa Perdida na Modernidade

Não adianta correr atrás. Estou sempre desatualizada. Exemplo óbvio é o celular. Resisti por muito tempo à ideia de ter um, porque achava invasivo, iria acabar com o meu sossego. Certo dia, meu marido, que adora tecnologia, me deu um de presente. Desconfiei que ele queria mesmo era me controlar, mas, surpresa!, quase imediatamente o celular se tornou o objeto mais indispensável da minha vida.

Sou do tempo em que todo o telefone era preto, com duas partes unidas por um fio, dava linha, sinal de discar. Custei para me acostumar com o aparelho celular. Sim, eu ainda chamo telefone de *aparelho* e o ponho no *gancho*. Quando, afinal, depois de vários meses, consegui aprender a usar alguns dos recursos da telefonia móvel, meu celular já estava desatualizado.

Troquei-o por outro muito mais moderno e muito mais complicado. Foram necessários outros tantos meses para me adaptar. Mal comecei a me sentir confortável com esse segundo celular, fui obrigada a trocá-lo por um que dificultava a clonagem. Novo processo de adaptação! Agora tenho um telefone sem teclas e estou gastando fortunas em chamadas que não quero fazer. A toda hora me engano e, sem mais nem menos, acabo *discando* um número que não me interessa. O pior é que não consigo desligar a tempo de evitar a fatídica mensagem "esta chamada estará sujeita a cobrança após o sinal". Ando treinando saque rápido, mas, por enquanto, o telefone está ganhando de goleada.

A propaganda afirma que meu novo celular é um computador que, entre outras coisas, também serve para telefonar. Não consegui até agora usar nenhuma dessas outras coisas, mas em compensação já percebi que atualmente a palavra *discar* perdeu completamente o sentido e que estou ficando velha.

Falando em *velha*, me lembrei da minha bisa-vó. Citando umas profecias populares em sua época, ela afirmava que um dia as ruas seriam pretas. Para quem nunca chegou a conhecer o asfalto, isso soava como uma ameaça sinistra, no sentido arcaico da palavra. Se uma pessoa de hoje pudesse ir lá explicar à minha bisa o sentido real dessa profecia misterio-sa, teria poucas chances de ser compreendida. Não tenho esperança de ser melhor que a minha bisavó.

Meu celular atual é tão complicado que o ma-nual tem centenas de páginas e só é acessível por download. Fala sério: até onde você lê manuais? Desisti antes de começar. Fiz o download, mas aca-bei trocando a leitura do manual por um CD com um passo-a-passo explicativo. Para débeis mentais. Estou no capítulo vinte, nem imagino quantos são. Daqui a um ano, quando espero ter acesso a uns dez por cento dos recursos disponíveis no meu apare-lho, provavelmente terei que comprar outro. Mais moderno. No momento, a única conclusão óbvia para mim é que, num curtíssimo espaço de tempo, palavras como download, CD e celular estarão tão *démodées* quanto aparelho, linha e discar.

Portanto, garotada, nada de gozar com a mi-nha cara: o futuro será ainda mais cruel pra vocês do que o presente é pra mim.

Por falar em manuais, tenho duas gavetas enormes atulhadas deles. Nem bem acabo de acomodar um, já chegam outros. Hoje em dia tudo vem com manual. Deve ser moderno. Sei que a lei obriga em muitos casos, mas outro dia comprei uma panela que trouxe manual de instruções. Pode!? Na maioria dos casos, como dizia um amigo, o manual é do tipo *fratura do pé*. Explico. Diz coisas assim: "Se é fratura, e é no pé, então é fratura do pé". Evidente. Completamente inútil. Só serve para o fabricante cumprir a lei e/ou para um certo tipo de consumidor achar que está levando *status* pra casa.

Não sei qual será o próximo lance da modernidade, mas arrisco dizer que, seja lá o que for, vai tentar mandar em mim. E aviso desde já que vou resistir. Cavarei trincheiras, se necessário. A tecnologia em si é inócua nesse ponto, mas sempre haverá alguém tentando manipulá-la: e-mails inocentes que recebo já tentam isso há muito tempo. Dizem: "Ligue o som". Assim mesmo, no imperativo. Nem ao menos um "por favor". Há alguns que, supondo que você já cumpre essa ordem de forma automática, dão um passo adiante: "Aumente o som". Desobedeço na maior!

Como desde sempre, modernidade não tem volta. Em muitos casos não teve nem ida, porque a maioria das pessoas fica pelo meio do caminho, numa espécie de limbo tecnológico, tipo eu com este texto. Melhor parar por aqui, porque estou me lembrando de outra avó, e isso vai acabar virando uma crônica sobre antiguidade. Pensando bem, é tudo farinha do mesmo saco. Ah, que saco!

FIOS, FIOS, FIOS

Eu tenho um sonho: acabar com os fios à minha volta.

No começo só existia um fio de tomada para a vitrola. Quem não sabe o que é vitrola, me poupe a explicação: consulte o dicionário, por favor! Depois, a vitrola passou a dividir a tomada com a televisão. As coisas evoluíram de tal forma que hoje em dia não há tomadas que cheguem. Só a minha cozinha tem umas vinte. Outro dia, quis ligar um grill que tinha acabado de comprar e descobri que teria que optar entre ele e o liquidificador, porque não havia uma única tomada disponível. Guardei o liquidificador no armário onde já guardo a batedeira e o espremedor de sucos. Destino igual ao da faca elétrica e do moedor de café. Com a máquina de fazer pão, fui mais radical: dei de presente a um sobrinho recém-casado que, por enquanto, ainda não descobriu o problema da falta de tomadas.

Atrás do computador há uma montanha de fios. Um labirinto. Chamei um arquiteto para desenhar uma estante que os encobrisse todos. O que os olhos não veem, o coração não sente. A nova estante possui, na parte de trás, um enorme vão com o fundo fechado onde cabem todos os fios. A primeira coisa que caiu lá, rolando, foi uma caneta. Não consegui tirar: o buraco é estreito demais para caber a mão, mesmo a de uma criança. Era uma dessas esferográficas comuns, não dei muita bola. Fui deixando acumular, a caneta e uma série de outros pequenos objetos que insistiam em rolar para o fundo da estante. Meu plano era encher aquele vão até a boca e dar como perdido tudo o que não ficasse à superfície. Só que, um dia, caiu um documento importante dentro do buraco negro. Tive que chamar o marceneiro às pressas, e optei por deixar os fios novamente à mostra. Às vezes acho até que lembram uma obra de vanguarda, tipo aquelas instalações de artistas plásticos famosos.

E os fios extras que vão surgindo? Estou carregando o celular no banheiro, onde ele divide espaço, na tomada, com o secador de cabelos, a escova de dentes elétrica e a iluminação do espelho de aumento. O eletricista já avisou sobre o risco de um curto-circuito se eu ligar tudo junto. Igual ao que aconteceu na cozinha quando a geladeira ligou automaticamente e eu estava usando, ao mesmo tempo, o micro-ondas e o forno elétrico. Foram vinte e quatro horas sem luz na casa toda.

Como se não bastasse, fios têm o péssimo hábito de se enroscarem uns nos outros, mesmo que ninguém mexa neles. Não sei como isso acontece. Se eu acreditasse em duendes, teria uma explicação perfeita. Deixando dois fios lado a lado, eles rapidamente se esfregam um no outro, criando uma suruba difícil de desfazer. É ou não é? Deve ser só de sacanagem. Estou convencida de que fios têm vida própria. Se não tomarmos providências urgentes, um dia dominarão o mundo. Se é que já não dominam.

Filosofia dos Óculos

Um ramo ainda não descoberto da Psicanálise é o estudo da psique através dos óculos.

Todo mundo, todo mundo mesmo, vai usar óculos um dia. É fatal: ou você já nasce com eles, ou vai usar quando atingir a tal da meia-idade. Que, na verdade, está mais para três quartos do que para meia, mas não cabe aqui discutir o eufemismo caridoso. Existe, é claro, a opção de se morrer antes, mas a maioria das pessoas prefere descartar essa hipótese.

Em geral, é assim: um dia você acorda e não enxerga mais o jornal. Quem não lê jornal, obviamente terá outros sintomas. Os psicanalistas não estarão interessados nessas pessoas, e quase com certeza elas também não estarão interessadas neles, ou nem sabem que eles existem. Portanto, no universo que importa, intelectual e comercialmente, todos usam óculos.

Quando chega a hora dos óculos, o indivíduo revela traços fundamentais da sua personalidade. Não há como esconder. Existem os que precisam desesperadamente de óculos mas não dão o braço a torcer.

— Pega aquele caderno ali.

— Que caderno? Aquilo é uma bandeja!

— Cara, você não tem senso de humor mesmo! É claro que é uma bandeja, azul.

— Prateada. O azul é reflexo do céu.

Para os leigos parece apenas vaidade, mas deve haver muita coisa oculta nessa atitude: busca da eterna juventude; raízes profundas da infância, impedindo a aceitação da velhice; medo da morte. Caberá aos futuros especialistas estudar e classificar tal comportamento.

No entanto, a imensa maioria das pessoas desse grupo acha chiquérrimo usar óculos escuros! Precisar de óculos para ler é a morte, mas não precisar e comprar mesmo assim um par de óculos escuros, bem espalhafatoso, é chique... Ah, sei...

Em contrapartida, há os que não dão a mínima para o fato de usar óculos. Se duvidar, até dormem com eles. O traço predominante da personalidade dessas pessoas é serem desligadas.

— Sabe onde estão os meus óculos?

— Não são os que você está usando?

Esses indivíduos tornam-se óculos-dependentes. Não dão um passo sem eles. Ser dependente de um objeto passa longe de ser mentalmente saudável. Psicanálise neles. E paremos por aqui, porque o assunto não é para ser aprofundado por leigos. Especialistas do mundo todo, o que estão esperando?

A propósito, alguém viu os meus óculos por aí?

ARQUEOLOGIA
PÓS-CONTEMPORÂNEA
(um estudo sobre "escolas")

Senhores, em primeiro lugar gostaríamos de agradecer a presença de todos vocês. Sabemos que nosso trabalho tem despertado muita curiosidade. Por isso, em breve, um relatório completo estará disponível na *Supranet Neural* para quem se interessar.

Apelidamos este projeto de "Antes de 2408", numa referência ao ano do GC — Grande Cataclisma. Como é do conhecimento geral, praticamente toda a documentação que dizia respeito aos séculos XX e XXI se perdeu por ocasião do GC. É difícil reconstruir uma sociedade quinhentos anos depois, principalmente os detalhes do seu dia-a-dia. Mas graças a uma minuciosa pesquisa, descobrimos que, naqueles séculos, as crianças eram enviadas para lugares chamados "escolas". Há indícios de que já existiam antes disso, mas não há confirmação.

Dada a relevância desta descoberta, resolvemos focar todo o nosso trabalho no estudo das escolas. Era um método penoso de aprender, coisa que hoje é tão simples, através dos implantes cerebrais. Vários anos eram necessários até que a criança obtivesse um volume razoável de conhecimentos. Essa forma de aprendizagem, além de complicada, parecia ineficiente, porque, em muitos casos, a criança não era capaz de atingir um patamar cultural mínimo aceitável.

Alguns adultos também as frequentavam, e, para eles, o processo se mostrava ainda mais doloroso. Surpreendentemente, num desrespeito total às liberdades individuais, a sociedade da época impunha a escola às crianças e ainda louvava esse comportamento. O não comparecimento às escolas era, em muitos casos, passível de punição.

Como se não bastasse o primitivismo dessa forma de aprendizado, tampouco existiam naqueles séculos os diagnosticadores vocacionais automáticos. Era comum que um indivíduo fosse obrigado a frequentar uma escola inadequada para ele e só descobrisse sua verdadeira vocação depois de anos de infelicidade. Para corrigir esse problema, recorriam a profissionais chamados "analistas", muito populares, principalmente, no século XX. A eficácia dos analistas já era então motivo de controvérsia, porque muitas pessoas começaram a perceber que, na realidade, a raiz do problema estava no modelo utilizado para as escolas.

Havia escolas de todo tipo, algumas bastante inúteis, como as de línguas. Para que serve uma escola de espanhol ou de francês, se todo mundo tem acesso aos tradutores universais?

As escolas possuíam uma hierarquia rígida. A documentação que reconstituímos mostra que existia uma autoridade máxima, chamada "Diretor". Em alguns casos mais evoluídos, no lugar do Diretor havia um conselho chamado "Diretório Acadêmico". Abaixo do Diretor ou do Diretório, vinham os "Mestres" ou "Professores". A função exercida por esta categoria não está claramente definida. Entre os Mestres havia subcategorias, porque encontramos referências a "Mestres-Sala", que pertenciam a um nível superior ao dos simples Mestres. Chegamos a esta conclusão pelo fato de só existirem Mestres-Sala em "Escolas de Samba", que eram as escolas mais poderosas.

Tal dedução, por sua vez, deriva do fato de que, ao contrário da maioria das escolas, as de samba eram muito disputadas pelos adultos. O objetivo real dessas escolas permanece um mistério, mas há indícios de que o Mestre-Sala dividia seu poder com uma pessoa do sexo feminino, intitulada "Porta-Bandeira". Apesar de todos os nossos esforços, não conseguimos determinar o significado da palavra "bandeira".

Outro enigma que nos desafia é a "autoescola". Talvez fosse uma escola que regulava a si mesma, sem necessidade de mestres ou diretores. Se conseguirmos provar este ponto de vista, essa escola será a ancestral, ainda que primitiva, dos nossos atuais implantes cerebrais.

Por fim, gostaríamos de propor a vocês outros temas de pesquisa em relação aos séculos XX e XXI, que até o momento não tivemos tempo de abordar. Apesar do material escasso, acreditamos que é possível elaborar estudos sobre "fome", "violência", "corrupção" e outras raridades.

PERSONAL

Tudo começou com uma recomendação médica para fazer exercícios físicos. Sou preguiçosa. Sozinha, não ia conseguir de jeito nenhum. Resolvi o problema contratando uma *personal trainer*. Coisa chique: três vezes por semana, ela me acordava bem cedo e, ignorando minhas indiretas sutis, fazia o seu trabalho direitinho. Um dia, com ar calculadamente despretensioso, comentou: "Em geral, só exercícios não dão conta de barriguinhas salientes". Estava coberta de razão, e mexeu com os meus brios femininos. Contratei uma *personal nutritionist*, amiga da *personal trainer*.

O resultado foi maravilhoso. Complicou um pouco a cozinha porque a minha *personal do lar* só sabia fazer pratos com muita fritura e à base do carboidrato. Tive que reformular tudo isso. Comecei contratando uma *personal shopper* para me ensinar a fazer supermercado, e uma *personal cook* para orientar a *personal do lar.* Agora, minha comida é saudável e balanceada. Já perdi cinco quilos, e estou adorando.

O problema é que todas as minhas roupas ficaram enormes. Em vez de gastar uma fortuna em consertos, achei melhor comprar algumas peças novas e contratei uma *personal stylist* para definir o guarda-roupa da "nova eu". Ela escolheu peças modernas que eu jamais compraria sozinha. Foi ótimo: acho que agora aparento uns dez anos menos. Claro, a despesa aumentou um bocado, mas nada que um trabalhinho extra não resolva.

Com dois empregos, fiquei sem tempo pra nada. Precisei contratar um *personal organizer* para dar um jeito na minha vida. Não dou um passo sem ele. Tenho hora pra tudo: se quero ir ao cinema, consulto o meu *personal organizer* e ele determina o horário mais conveniente. Muito cômodo.

Só não consegui resolver um detalhe: gerenciar o meu *staff* de *personals.* Você conhece algum *personal* de *personals*?

Casamento

— Nooossa! Renata, você está ótima! Com uma aparência muito mais jovem! Deve ter perdido uns dez quilos!

— Foram doze. E, confesso, também uns retoquezinhos nas pálpebras.

— Mas não pode ser só isso! Você está radiante.

— Me separei do Alfredo...

— Como, se separou?! Vocês eram o tipo do casal perfeito!

— Foi uma separação amigável. Estávamos muito acomodados. Eu, de tão gorda, já nem tinha mais cintura. Cheguei a perder a vontade de comprar roupa nova. No fim de semana, ficava em casa de chinelinho. O Alfredo também. Passava a maior parte do tempo tomando sua cervejinha e assistindo ao canal de esportes. Desistiu até de encontrar os amigos. Era muito mais fácil a gente ficar por ali mesmo, curtindo um ao outro, mas...

— E não é pra isso mesmo que a gente casa?

— Em termos. Nós não tínhamos mais vida cultural nem social. Dava preguiça de sair, até pra ir ao cinema. Você acha que isso é bom?

— Mas era um casamento invejado por todos!

— Sem falar que eu estava perdendo grande parte de minhas habilidades. Solteira, me virava, entendia até de instalação elétrica. Casada, não conseguia nem trocar uma lâmpada. Tinha que pedir pro Alfredo. Conserto de computador, carro, geladeira, era tudo com ele.

— Tem muita gente sonhando com um marido pra fazer tudo isso.

— Eu sei. Mas o Alfredo também estava se sentindo muito limitado. Não sabia nem mais cozinhar um ovo. Quando a gente se conheceu, ele costumava fazer jantares inteiros pra nós, sempre caprichados e à luz de velas. Um dia tivemos uma conversa séria e concluímos que o casamento estava nos emburrecendo. Resolvemos nos separar antes que fosse tarde demais.

— Renata, estou pasma com esse seu ponto de vista.

— Meu, e do Alfredo também. Estávamos a um passo de virar umas antas. Gordas e lerdas, ainda por cima.

— E o Alfredo, como vai?

— Está ótimo. Perdeu peso, ficou um gato. Mora num apartamento pequeno, muito bem transado, que ele mesmo decorou. Voltou a ser um *gourmet*, com direito a curso de culinária e tudo. E te dou um beijo se você adivinhar pra onde eu estou indo agora.

— Não faço a mínima.

— Buscar meu carro na oficina. Sozinha. Não é o máximo?! Negociei preço, discuti com o mecânico sobre o conserto e tudo! Fiquei independente. Graças a Deus, acordei a tempo de voltar a ser uma criatura interessante. Porque, você sabe, a partir de certo ponto, burrice é irreversível. Eu e o Alfredo estávamos chegando lá, correndo um perigo danado de nunca mais conseguir reverter o processo.

— Bem, já que é assim, e agora você está separada, por que a gente não marca pra sair um dia desses? Vai ser divertido.

— Só se for durante a semana, porque nos sábados e domingos fica difícil. Estou namorando.

— Já?! Você não perde tempo! Quem é o felizardo?

— O Alfredo, é claro! A gente não vive um sem o outro. A separação foi um gesto desesperado para evitar cair de quatro. Mas, casamento, juro que nunca mais. Ninguém merece terminar os seus dias como uma toupeira.

Esbórnia

Aquela viagem a trabalho para uma cidade do interior veio mesmo a calhar: três semanas inteirinhas sem a mulher no seu pé. Não ia desperdiçar a oportunidade de aproveitar um pouco a vida. Afinal, naqueles anos todos, enquanto a maioria dos amigos caía na farra, ele namorava a Letícia.

Tinham se conhecido ainda adolescentes, cursaram juntos a faculdade e trabalhavam na mesma empresa. Agora, Letícia estava em licença-maternidade. Altair adorava a mulher e a filha recém-nascida, mas era homem, sabe como é. Também tinha o direito de se divertir.

Além do mais, os dois colegas que viajavam com ele não se atreveriam a contar nada à Letícia, uma pessoa doce e querida por todos. Ninguém teria coragem de magoá-la. Portanto, foi logo avisando que não contassem com ele em noite nenhuma. Ia cair na gandaia. Ainda no avião, guardou a aliança na carteira, fez cara de macho latino e sentenciou: "Chega de comidinha caseira".

Quando chegaram ao hotel, achou a recepcionista uma graça. Não era bonita como a Letícia, mas dava pro gasto. Afinal, ele só queria uma aventura. E foi à luta, mostrando logo interesse em algo mais do que as informações sobre o local. Altair desconhecia que naquela cidade a proporção era de um homem para cada cinco mulheres, e por isso ficou deslumbrado quando a recepcionista marcou encontro com ele para a noite seguinte.

No outro dia, mal conseguiu se concentrar no trabalho. À noite, saiu com a recepcionista, um passeio inocente. Desconfiou que ela era virgem e não quis forçar a barra. Ficaram de mãos dadas. Os encontros se repetiram pelas quatro ou cinco noites seguintes, mas o máximo que Altair conseguiu foi dar uns beijinhos na moça. Começou a se desesperar, vendo se esgotarem suas três semanas sem conseguir chegar aonde queria. Como se não bastasse,

Altair percebeu que a moça estava apaixonada por ele. E o pior é que ela trabalhava no hotel e sabia todos os horários dele, era impossível evitá-la.

Passada uma semana, nervoso, teve uma crise de enxaqueca. A recepcionista indicou onde era a farmácia. Quis acompanhá-lo, mas ele alegou que não podia esperar que ela saísse do hotel e foi sozinho. Então conheceu Soledade. Era a farmacêutica, veio ajudá-lo a encontrar o remédio que ele precisava. Um avião! Interessou-se por ele: devia ser a tal proporção de um pra cinco. Quis marcar um encontro para a noite seguinte, quando ele estivesse melhor da enxaqueca. Altair não podia: já estava comprometido com a recepcionista, que vigiava todos os seus passos.

Agendaram um almoço. Soledade era uma mulher liberada, mas ele estava trabalhando e não podia tirar folga no resto do dia. Ficaram só no almoço.

A recepcionista, cada vez mais apaixonada, descobriu sobre Soledade. Ciumenta, foi tomar satisfações com a outra, e quase saíram no tapa. Altair não soube. Brigar com ele, nem pensar: nada era mais importante que a tal proporção de um pra cinco. As duas resolveram pressioná-lo a tomar uma decisão.

Daí em diante, fizeram da vida dele um inferno. Se estava com uma, a outra ligava. Depois, os papéis se invertiam, cada uma tentando ser mais sedutora do que a outra. Altair não estava preparado para tanto sucesso, e o pior é que não conseguia transar com nenhuma das duas: a recepcionista queria casar e Soledade não admitia dividir seu homem com ninguém.

Refugiou-se no trabalho. Oferecia-se para todas as atividades que o levassem para longe daquela disputa que não lhe dava tréguas. Sempre que possível, fazia serões. Os colegas, fingindo não saber o que se passava, aproveitaram para se livrar de tudo quanto era tarefa maçante.

Respirou aliviado ao final de suas três semanas de "liberdade"; recolocou a aliança no dedo assim que chegou ao aeroporto para tomar o avião de volta. Em casa, cobriu Letícia de beijos. Ela achou um exagero tanta saudade, mas acolheu com prazer o carinho do marido. Jurou que nunca mais se separaria dela por tanto tempo. Para ele mesmo, Altair jurou que nunca mais se meteria em encrenca. Cumpriu os juramentos. Está casado com a Letícia há duzentos anos e se considera um homem muito feliz.

RELACIONAMENTOS

— Querida, que tal pegar um cineminha hoje?

— Você esqueceu do aniversário da tia Flora?

— Não é amanhã?

— E eu não tenho que ajudar hoje? Ainda falta providenciar um monte de coisas. Afinal, oitenta anos, tem que comemorar. E você sabe muito bem que eu também trouxe trabalho pra casa, porque no escritório não tô dando conta.

— Eu só queria te ajudar a relaxar um pouco.

— Você quer é me azucrinar, porque já sabe que eu não vou sair. Aconteceu o mesmo no ano passado quando você me convidou pra passar o fim de semana em Paris. Só convidou porque eu não podia aceitar.

— Apenas um cineminha...

— Bem na véspera do aniversário! Sem falar no relatório que tenho que aprontar pra segunda-feira.

— Não tive intenção. Mas acho que se você não se distrair um pouco, acaba pirando. Tem que sair de casa.

— É sempre assim. Como eu sou uma mulher caseira, você reclama. Se eu andasse na rua o dia todo, batendo perna e torrando dinheiro, você ia ver o que é bom.

— Não estou reclamando.

— Te conheço muito bem, seu sonso. Só me convida quando eu não posso aceitar.

— Se você quiser, a gente vai ao cinema agora mesmo.

— Seu cínico! Você tinha mais é que me ajudar com a festa da tia Flora.

— Eu não tenho jeito pra isso. Da última vez que tentei, deu a maior briga.

— Claro! Eu pedi pra providenciar as bebidas e você só comprou cerveja!

— Melhor não recordar o passado. A gente brigou tanto por causa disso que eu acabei nem indo à festa, tomei o maior porre de cerveja.

— E, só pra lembrar, você quis me botar pra fora de casa.

— Eu não quis botar você pra fora de casa: eu disse que um de nós tinha que sair de casa.

— Eu não saio da minha casa. Sai você, se quiser.

— Eu saio, mas não pense que vai ficar por isso mesmo. Quem vai terminar esta conversa é o meu advogado.

— Sabia que você ia dar um jeito de me aborrecer justo na véspera da festa da tia Flora. É sempre assim. Marido é tudo igual. Não presta.

Obras

— Dona Márcia, tive olhando aquele seu problema de mofo na parede do corredor. Se a gente só der uma pinturinha, daqui a pouco tá tudo na mesma. O vazamento vem do banheiro.

— Ai, Roberval, não me dá essa notícia. Eu odeio obra.

— É, dona, mas às vezes não tem outro jeito não. E se a senhora não tomar logo providências, vai acabar passando pro apartamento de baixo. Aí vai ter que consertar o do vizinho também. Vai sair muito mais caro e a senhora vai se aborrecer ainda mais.

— Mas tenho mesmo que fazer isso?

— É simples, a gente troca o encanamento do banheiro rapidinho. A senhora nem vai sentir. Coisa de, no máximo, uma semana.

***

— Dona Márcia, olhando bem pro seu banheiro, era bom se a senhora trocasse esse piso também. Tá todo gasto. E esse negócio de bidê não se usa mais. Que tal botar um chuveirinho?

— Roberval, o servicinho de uma semana já está levando quase um mês!

— É, mas se fizer logo tudo a senhora sai no lucro, porque se livra de problemas mais pra frente.

***

— Dona Márcia, esta semana não esquece de comprar também a porta nova da sala, que o marceneiro vem segunda-feira montar a estante e já aproveita pra colocar ela.

— Roberval, não aguento mais esse negócio de obra. Já são seis meses!

— Ah, mas foi a senhora quem quis mexer também no outro banheiro. E o meu ajudante ficou doente aqueles quinze dias. Obra é assim mesmo, mas tamo quase acabando. E a reforma da sala tá ficando uma beleza, não acha?

***

— Dona Márcia, esse seu sinteco tá um lixo. Tem um primo meu, muito bom nisso, que cobra baratinho.

— Antes de você entrar aqui, meu sinteco estava ótimo.

— Ah, sabe como é, Dona Márcia, a gente tem que passar os materiais tudo pela sala. A gente toma muito cuidado mesmo, mas às vezes tem que arrastar o pesado, que ninguém aguenta carregar sozinho.

***

— Roberval, cadê o seu cunhado pintor? Faz uma semana que ele não aparece.

— Pois é, Dona Márcia, o filhinho dele ficou doente.

— Mas você não disse que a sua irmã não tinha filhos?

— Essa é outra.

— Então tá...

***

— Márcia, você viu os meus sapatos pretos?

— Quais? Aqueles de cadarço?

— Não, os mocassins.

— Acho que estão na caixa vinte e três. Você disse que era pra deixar de fora só os pretos de cadarço, os mocassins marrons e o tênis azul e vermelho. O resto está tudo empacotado, lá no meio da sala. Suas roupas, vejo aqui nas minhas anotações, estão nas caixas de números vinte e três a trinta e oito, e a primeira só tem sapatos.

— Quando você me disse que era pra encaixotar tudo por quatro meses, achei que me virava só com três pares de sapatos. Mas isso foi oito meses atrás e essa obra ainda não acabou.

— Todas as minhas amigas me avisaram. Se o empreiteiro diz que leva um mês, pode contar que não leva menos de dois. O Roberval jurou que fazia em sessenta dias. Achei que ia demorar uns cento e vinte, mas pelo jeito não vai acabar antes do ano que vem.

— Não era só pra tirar o mofo do corredor e pintar o apartamento?

— Já te falei. Obra é assim mesmo. Uma coisa puxa outra. Quem poderia adivinhar que tinha vazamento na cozinha?

— Há oito meses a gente não faz nada nos fins de semana que não seja ir a lojas de materiais de construção. Os poucos amigos que encontramos já estão quase desistindo de nós, porque só falamos de pisos, tintas e papel de parede. Acho que nunca mais serei capaz de conversar sobre outra coisa.

***

— Você e a Márcia se separaram? Nem posso acreditar!

— É. Por causa do Roberval.

— Roberval? Que Roberval?! Nunca imaginei que a Márcia fosse te trair!

— Não exatamente. É um pouco complicado explicar. O Roberval tinha um domínio enorme sobre ela. Chegamos a um ponto que pra mim não dava mais. Só comentar o caso já me deixa nervoso. Tive que fazer análise por meses e estou tocando a vida pra frente. Gastei uma fortuna com o psiquiatra até desistir da ideia de matar o Roberval. Mas, cá entre nós, ainda não estou totalmente convencido...

Reflequições sobre Madame

Madame tem umas coisa istranha mesmo. Imagine pagá pra fazê exercício! Onde já se viu? Deus dá perna e braço pra gente se mexê enquanto tivé saúde. Vê lá se precisa alguém pra te dizê como fazê isso? Será que as madame são tão burra assim?

Também, num fazem quase nada... Deve ser por isso, senão vão acabá entrevando. A minha patroa passa o dia todo escrevendo. O que que tem pra escrevê tanto? Tudo desculpa pra não pegá no pesado.

E essa mania de dieta? Imagine, que tristeza, num comê quase nada! Não dá pra entendê, porque num é falta de dinheiro. Outro dia ofereci uma linguiça pra ela e ela fez cara de nojo. Elas num sabe o que é bom. Num aproveitam a vida. Ainda por cima, de vez em quando, chamam outras madame pra comê aquela miserinha de comida delas. E as muquirana aparece tudo de mão abanando, num traz nem uma farofinha pra ajudá.

Ah, mas com roupa elas não economiza não. Outro dia a patroa apareceu com um vestido que custou mais que o meu salário e ainda disse que as amigas iam morrer de inveja. Mas acho que num foi bem assim, porque outra amiga dela comprou um igualzinho e a patroa disse que não usava mais aquilo nem morta. Num entendi nada, mas a mulher me deu o tal vestido. Era uma coisa meio esquisita, cheia de panos. Tive que levar pra costureira dá um jeito naquilo. Mandei cortar, porque esse negócio de saia cumprida é pra velha. Também abri um decote pra ficar mais *séquici*. Aí ficou bom. Meu marido adorou.

E tem a tal de massage. Troço esquisito. Eu é que num deixava botar a mão ni mim daquele jeito. Ficá outra mulher te amassando toda, pra quê? Sei não, me parece sacanage disfarçada. E ainda tem que pagá pra isso? Se eu quiser uns amassos, arranjo de graça.

Pô, não entendo porque as madame pagam um monte de coisa que são de graça. Água, por exemplo. Tem à beça na torneira. Tive uma patroa que pagava um tal de ajo, ou ájio, sei lá, que dizia que não devia tê de pagá. Então por que ela pagava? Lesada mesmo. No bolso e nas ideia.

Sonho de Carnaval

Apareceu na sala vestindo uma mistura de tudo o que encontrou no armário da mulher e anunciou que estava fantasiado de *drag queen*. As roupas eram de um tamanho muito menor do que o dele. A saia, originalmente curta, nele ficou micro. Para disfarçar a cintura, que não fechava, amarrou uma echarpe nos quadris. A blusa, espalhafatosa, aberta no peito, deixava ver um sutiã murcho. Nos pés, teve que usar um par de tênis dele mesmo, enfeitado com umas rosas de plástico roubadas do arranjo na entrada de casa.

Pintou a cara em uma tentativa de maquiagem, caprichando na sombra azul e no batom. Afinal, ele não ia morrer sem satisfazer o desejo de se vestir de mulher. Todo carnaval, via homens usando roupas femininas, se divertindo a valer, zoando com as pessoas. Por que não ele? Era agora ou nunca.

A mulher, estupefata, num ataque de riso frouxo, ainda conseguiu exclamar: "Se você acha..."

Saiu. No espelho do elevador, viu uma bicha velha e decadente. Um espanto. Na portaria, o Severino caiu na gargalhada.

Deu meia-volta, desmontou a produção, calçou os chinelos e ligou a TV. Em paz. Para ele, já bastavam as risadas da mulher e do porteiro. Além de tudo, nem gostava tanto assim de carnaval.

Burocracia

— Moço, queria pedir para cortar a água da casa que foi da minha avó. A casa está fechada há meses, mas as contas de água continuam vindo como se morasse gente lá.

— Sem problema, minha senhora, é só pedir para a sua avó vir até aqui pessoalmente e fazer um requerimento.

— A casa não é mais da minha avó. Foi. Ela morreu. Está em ruínas, só se aproveita o terreno. Vai ser vendida.

— Ah, mas a conta ainda está no nome da sua avó. Primeiro tem que mudar isso. Precisa trazer uma cópia autenticada da certidão de óbito, uma declaração dos herdeiros concordando com o corte da água e um requerimento do inventariante.

— Eu tenho o original da certidão de óbito. O senhor tem o modelo do requerimento e da declaração?

— Estão no site da empresa, na internet. A senhora pode pegar tudo lá, junto com a lista complementar de documentos necessários.

— Que documentos?

— É preciso uma cópia autenticada da abertura do inventário para mostrar que ninguém ficou de fora, porque a declaração dos herdeiros tem que ser assinada por todos eles. E tem que reconhecer a firma de todo mundo e trazer cópias das identidades e CPFs. Autenticadas, é claro. O resto a senhora vê lá no site.

— A inventariante sou eu. Pelo menos a minha assinatura não precisa reconhecer.

— Precisa reconhecer a sua também.

— Mas eu posso assinar bem aqui na sua frente e provar que sou eu mesma.

— Desculpe, minha senhora, são as instruções do sistema.

— E a lei que isenta a pessoa de autenticar documentos se ela trouxer os originais?

— Essa lei não vale nesta repartição. Aqui só vale o que está no sistema.

— E, depois disso tudo, em quanto tempo vão cortar a água?

— Se não cair em exigência, em quinze dias a água é cortada.

— Cair em exigência, como é possível? É um pedido simples: só queremos o corte do fornecimento de água.

— Quem confere a papelada não sou eu. A senhora volta em uma semana para saber se caiu em exigência. Se for o caso, tem que cumprir a exigência e esperar mais quinze dias.

— E se eu simplesmente parar de pagar a conta da água?

— Depois de seis meses a água é cortada.

— Então, vou parar de pagar e aguardar os seis meses. É mais fácil.

— Mas tem o processo de cobrança.

— Que processo!?

— Para receber o dinheiro devido pelo fornecimento da água, é claro. Vão intimar a sua avó.

— Minha avó morreu.

— Não interessa. Continua responsável. Primeiro tem o processo administrativo e depois o judicial. Vão se arrastar por anos.

— Mas pelo menos já cortaram a água.

— No final do processo judicial, a sua avó vai ter que pagar os atrasados com multa e correção. Se não pagar, a casa vai a leilão.

— Se pagar no tal processo, fica tudo bem?

— Aí fica tudo regularizado e a gente restabelece o fornecimento de água.

Nem Tudo na Vida é Fácil

— Ninguém sabe pra quê veio ao mundo.

— É assim mesmo. Cada um com seu destino.

— Ah, mas nem sempre dá pra aguentar o tranco.

— E qual é a opção, cara?

— Racionalmente, sei que a opção é muito pior, mas isso não basta pra me confortar.

— Pelo menos você reconhece que, dos males, o menor.

— Apesar de reconhecer que nem chega a existir uma segunda opção razoável, me faltam forças. Sei que muita gente passa por problemas semelhantes. Até muito piores. E supera. Mas para mim é difícil.

— Se os outros conseguem, você também vai conseguir. Nós sempre temos mais coragem do que pensamos.

— Eu não penso nada. Admito: sou covarde.

— Mas, se não há outro jeito, tem que enfrentar.

— Por que será que tudo é sempre tão doloroso para mim? Tanta gente curtindo por aí. Não me conformo. Por que logo eu, que sempre procuro ajudar todo mundo? Não é justo.

— E desde quando a vida é justa?

— Não é mesmo. Eu não mereço essa situação, todo esse sofrimento.

— Arnaldo Luiz, chega de conversa mole. Todo esse discurso só por causa de um dentista? Sai logo, senão você vai acabar perdendo a hora da consulta.

— Seria bom. Já ajudava.

NÃO-ISSO OU NÃO-AQUILO

— Acabei de encontrar o Sérgio Macedo e ele me pediu para ser apresentado a você. Disse que nunca conheceu um escritor pessoalmente.

— Você pode nos apresentar, mas ele vai continuar sem conhecer um escritor. Na verdade, eu sou um escritor que não escreve.

— Bobagem, cara, todo mundo sabe que você é escritor!

— Eu não desminto, porque isso dá um tremendo *status* e o direito de ser convidado para um monte de eventos literários. Escrevi um livro de trinta e seis páginas há uns vinte anos e nunca mais publiquei nada. Faz pouca diferença. Quase ninguém lê. Mas todo mundo gosta de conhecer ou dizer que conhece um escritor. Desfruto a fama. Sorte minha.

— Por que só agora você está me contando isso?

— Sei lá, acho que estou cansado de fingir. Você é um dos meus melhores amigos e, mesmo assim, não se deu conta de que não escrevo nada. Eu me autointitulo um não-escritor. Já fui também um não-poeta, mas era mais complicado. De vez em quando me pediam para recitar algum poema. Eu declamava um ou outro verso de um poeta obscuro, às vezes até misturando com alguma coisa inventada na hora. Sempre morri de medo de alguém reconhecer o verdadeiro autor. Sabe como é: há muitos poetas, mas o mundo é pequeno. Vai que descobrissem. Ser um não-escritor é bem mais tranquilo. Ninguém te pede para citar um parágrafo. E, verdade seja dita, minha imaginação é fértil, tenho sempre um "projeto" de livro pra servir de assunto.

— Quer dizer que o livro que você estava escrevendo sobre a juventude carioca nos anos sessenta não existe?

— O livro não existe, mas eu já me diverti um bocado com ele. Agora, para variar um pouco, estou pensando em ser um não-pintor cujas obras estarão sempre no ateliê de Paris. Só preciso achar as fotos corretas. O risco é pequeno, e vão me convidar para tudo que é vernissage.

— Mas isso não é um bocado frustrante? Você é talentoso, poderia até ser um artista de verdade.

— E para quê? O que mais curto é o meu talento para fazer pose. Por uns tempos vou aproveitar o não-pintor, mas, depois disso, já resolvi arriscar alguma coisa mais ousada. Ainda não decidi o que não vou ser, mas quero algo que coloque um pouco mais de adrenalina na minha vida. Talvez eu crie uma não-ONG ligada aos conflitos no Oriente Médio. Me aguarde. Você vai ver: vou arrebentar.

Sufoco de Novelista

Onde será que se enfiou aquela planilha com os personagens do núcleo de Vilar dos Teles? Tenho certeza de que estava aqui, junto com a sinopse dos capítulos da semana que vem. Que saco, tanto papel! Vou acabar tentando, de novo, deixar tudo só no computador. Da outra vez não deu certo porque só consigo visualizar o conjunto quando vejo os textos impressos. Bom, deixa pra lá. O meu problema, agora, é achar a tal planilha. Não lembro se o motorista do Leandro era ou não conhecido da vizinha da Arlete. Como é que vou armar o diálogo desses dois se eles não se conhecem?

Isso de vários grupos socioeconômicos em tudo que é novela pode dar ibope, mas é uma dor de cabeça pra quem escreve. Esse núcleo dos suburbanos de Vilar dos Teles parece "A Grande Família", que eu adoro. Tudo que é novela minha acaba tendo uma parte que lembra "A Grande Família". Não é plágio, é releitura. Na próxima, juro que não vai ser assim. Eu já jurei isso antes, mas na hora do sufoco a gente acaba escrevendo do jeito de sempre, é mais rápido. Vou ambientar a coisa toda em algum país exótico. Até já encomendei umas pesquisas pro pessoal da produção. Vou substituir os suburbanos por um núcleo de pobres no interior daquele país, sempre dá pra criar ótimos conflitos envolvendo costumes diferentes dos nossos. Acho que a África é o ideal. Só os africanos poderiam questionar a trama, mas lá ninguém assiste novela brasileira, mesmo... Se duvidar, nem sabem que o Brasil existe. Vai ser mamão com açúcar. Difícil mesmo é escrever pros caras de Vilar dos Teles.

Pô, cadê a tal planilha? Estou com o cronograma estourado. O negócio é jogar o diálogo do motorista pro alto. O ator vai ter um chilique, porque esta semana não vai ter fala nenhuma. Paciência. Vou encher linguiça com o problema de drogas da filha da socialite da Barra. Problema de rico também dá ibope à beça.

Semana que vem tenho que voltar ao assunto do motorista de qualquer maneira. Se perdi a planilha, será que vou ter que reler os capítulos anteriores? Me recuso. Ninguém merece. Prefiro inventar um terremoto em Vilar dos Teles. Salvo só a Arlete e mudo ela pra casa das tias em Copacabana. Terremoto? Será que tem terremoto em Vilar dos Teles? Melhor um daqueles incêndios enormes, começando na fábrica de papel onde trabalha o irmão do motorista. Ou era uma fábrica de plásticos? Porra, cadê a tal planilha?

Dicas Sociais

Me desculpem os tímidos e os sisudos, mas uma boa conversa é fundamental. Existem livros de boas maneiras, e deveria também existir alguns que ensinassem a conversar. Conversar exige talento, mas um pouquinho de técnica não faz mal a ninguém.

No trabalho, por exemplo: você vai a um congresso e o convidado de honra é um gringo importantíssimo para a sua empresa. No jantar de confraternização, o cara senta bem ao seu lado e puxa conversa. Você não sabe dizer se é sorte ou azar. Ainda por cima, seu inglês é ruim. Só tem certeza de que não pode deixar a peteca cair porque seu emprego vai junto. Precisa dizer alguma coisa. Mas vai falar sobre o quê? Religião, política, mulher? Nem pensar! Conheci um cara que afirmava que, nesses casos, o assunto ideal é a família: todo mundo tem algum tipo de vínculo e aí é só ter paciência para ouvir o gringo discorrer sobre os filhos ou sobre a esposa, ou até sobre uma avó. Chato, mas eficiente.

Um dia, com seu inglês capenga, esse cara perguntou a um alemão se ele tinha família. O outro, que também falava mal o inglês, entendeu que o brasileiro se referia a esposa e filhos. O alemão era solteiro e, no melhor estilo germânico, deu uma resposta sucinta e precisa: "Não." Com uma única palavra, fez ruir todo o plano de comunicação que o brasileiro havia traçado. Apanhado de surpresa, não conseguiu deixar de perguntar a bobagem que lhe veio imediatamente à cabeça: "Nem ao menos pai ou mãe?" Disse isso e teve um ataque de riso nervoso.

O alemão, é óbvio, não entendeu nada. Educadamente, respondeu que tinha uma mãe muito velhinha que morava em uma cidade perto da dele. O brasileiro conseguiu recuperar o autocontrole a tempo de perguntar pela saúde da mãe velhinha. Aprendeu. A partir desse dia, modificou um pouco a estratégia: pergunta se o gringo é casado, antes de perguntar sobre a família.

E nas festas em que você acaba sentando ao lado de um casal de desconhecidos com cara de pastelão? Pelo menos nesse caso seu emprego não depende da conversa, até dá para você se divertir um pouco. Pode perguntar, por exemplo, como vai a vida sexual deles. Ou, se não quiser ser tão radical, conjecture sobre a vida de um artista da televisão. Você só precisa conhecer o nome correto de alguém que trabalhe na novela das oito, que, aliás, é às nove. Deixe para o casal a tarefa de narrar os fatos verdadeiros. É mais divertido ouvi-los falar sobre qualquer personagem do que sobre eles mesmos.

E quando a dona da casa te apresenta uma pessoa maravilhosa e depois pede licença para ir cumprimentar um convidado que está chegando? Você acabou de saber que a tal pessoa é vegetariana, não pode contar que almoçou numa churrascaria. Você adora a dona da casa, que por sua vez adora a vegetariana. Tem que inventar alguma coisa rapidinho. Sugiro falar sobre a dengue no Rio de Janeiro. Assunto neutro é isso aí. Dificilmente alguém fica do lado dos mosquitos.

Uma amiga minha, do tipo básico, sentou-se entre duas peruas num jantar. Puxou assunto sobre cabeleireiro e a coisa fluiu. Elas ficaram tão entusiasmadas que a pobre da minha amiga ficou no meio de um fogo cruzado. Com medo de ficar refém daquela situação a noite toda, teve presença de espírito: pediu a opinião delas sobre a política de ocupação romana na Europa no século II. Como nenhuma das duas tinha interesse no assunto nem queria mostrar ignorância, cada perua resolveu dar atenção ao comensal do outro lado. Minha amiga, que, aliás, não entende nada sobre ocupação romana na Europa no século II, pôde jantar em paz. Conversar também inclui a arte de ficar calado.

Saia justa aconteceu com outra amiga minha, que é capaz de conversar praticamente sobre qualquer coisa. Ela diz que papo de festa é descartável, o assunto é apenas um detalhe, o objetivo maior é ser gentil. Certo dia, distraída na prática de sua conversa descartável, nem notou que tinha trocado de interlocutor. Continuou com uma pessoa a conversa iniciada com outra. Só quando a pessoa disse, espantada, alguma coisa do tipo "Não estou entendendo bem como essa história sobre petróleo envolve os sefarditas" é que ela percebeu o furo. Apesar do susto, deu uma risada agradável, disse que estava adorando a festa e voltou ao assunto correto. Talento é isso.

Como Assim?

— Jorge, não esquenta a cabeça.

— Como não? Um seminário de economistas, e você me chamando pra fazer número? Tenho culpa se o César está de férias e o João ficou doente? Se vira, Roberto.

— Não dá pra ir sozinho, cara. Pega mal. A firma tem que mandar representação. Pelo menos dois. Você vai, e está acabado.

— Roberto, quem vai acreditar que eu sou economista? Vocês falam economês, e eu não entendo uma palavra.

— Não precisa. As pessoas vão lá pra se exibir e intimidar a audiência. Viu como funciona? Você nem foi e já está intimidado.

— Mas eu não posso entrar mudo e sair calado. Vou dizer o quê?

— Basta você usar frases do tipo "Seu ponto de vista é interessante, mas naturalmente depende da manutenção do atual cenário político".

— Estou entendendo o espírito da coisa. Com uma frase assim, eu falo bonito sem dizer nada. "Manutenção de cenário político" é mesmo o cúmulo da falta de comprometimento.

— Olha outra frase que faz sucesso: "Há muito tempo não aparecia uma análise tão transparente quanto a sua".

— Isso não vai dar certo.

— Fica frio. Se você não conseguir encaixar uma frase dessas, fale difícil. Diga coisas como *análise de mercado, expectativa, conjuntura econômica, inflação* etc. É só usar o bom senso.

— Você quer dizer que eu tenho que usar a imaginação. E se o cara insistir em aprofundar o assunto?

— Não há nada pra aprofundar. Em último caso, faça cara de inteligente e pergunte: "Como assim?" Seu interlocutor vai adorar, achando que você se interessa pelo assunto. Você só precisa ouvir as explicações e continuar fazendo ar de inteligente.

— Inteligente mesmo era eu não ir lá.

— Relaxa, cara. Além do mais, vou estar com você e qualquer coisa mais complicada eu me meto na conversa.

***

— Deixa eu te apresentar o Jorge, o mais novo contratado da nossa empresa.

— Prazer. Qual é a sua área de atuação?

— Sou assessor do Roberto. Por enquanto.

— Ah, então você faz análise do mercado de capitais?

— É, eu projeto expectativas de mercado na atual conjuntura econômica.

— Você trabalha com os métodos tradicionais de análise?

— Do ponto de vista do Roberto, os métodos tradicionais só se aplicam quando o cenário político se mantém. E você, trabalha em que área?

— Eu faço análise gráfica. Criei um método inovador para interpretar os resultados específicos de cada companhia num determinado intervalo de tempo.

— Há muito eu não vejo uma análise inovadora nessa área, mas acredito que o seu método também dependa da manutenção do atual cenário político.

— Na realidade, depende.

— Como assim?

***

— Prazer. Sou o Jorge, assessor do Roberto. Qual é a sua área de atuação?

— Eu projeto cenários de inflação.

— Ah, você projeta as expectativas do mercado, supondo que se mantenham as atuais condições políticas.

— Naturalmente é preciso levar esses fatores em consideração, mas eu me preocupo mais com as implicações que os fatores externos possam ter nos modelos econômicos.

— Como assim?

***

— Eu sou Jorge. O Roberto trabalha comigo. Fazemos análise das projeções de inflação, supondo que se mantenham as atuais condições políticas.

— Vocês usam a metodologia tradicional?

— Nós usávamos os métodos tradicionais, mas agora estamos desenvolvendo um método próprio.

— Você e o Roberto já consideraram a hipótese de usar a curva de Riesz nessa análise?

— Como assim?

***

— Jorge, é melhor você não dar mais palpite. Já tem gente nos olhando atravessado.

— Você é que me obrigou a vir. E agora comecei a achar divertido.

— Daqui pra frente eu falo e você fica quieto. Só concorda com o que eu disser.

— Como assim?

QUERIDO LEITOR

S e você está lendo, é a você que me dirijo. Se não está, por favor, passe para a próxima página. Se leu até aqui e não é o revisor, puxa, que bom!

Existe, é claro, a possibilidade de estar detestando. Nesse caso, siga as instruções do parágrafo anterior, substituindo "próxima página" por "próximo livro" ou por uma atividade diferente. Não vai encontrar adiante nada muito melhor. Desperdiça o seu tempo e, de certa forma, o meu. Continuar só vai ajudar você a falar mal de mim. Sei que isso é tentador, mas, por favor, resista.

Contudo, se a leitura não lhe está sendo penosa, então encontrei o meu público. "Penosa" com trocadilho, porque adoro galinhas. As aves.

Passou também por esta última frase? Tenho que agradecer. Leitor bom assim é coisa rara. Obrigadíssima.

Tergiversando

Adalberto tinha horror a dizer diretamente o que queria. Achava pobreza de espírito. Falta de imaginação. Contava suas histórias pelo caminho mais emocionante. Nunca dizia "Encontrei o Fulano hoje". Era: "Adivinha quem eu vi hoje. Alguém que você conhece". Aí toureava o interlocutor até que o pobre deduzisse de quem se tratava.

Nas conversas de Adalberto não havia lugar para o tédio. É verdade que, empenhado em ser misterioso, cometia alguns exageros, tipo: "Vou te confidenciar uma coisa". O outro, na maior expectativa. "Hoje tenho um compromisso importantíssimo. Não contei pra mais ninguém". O outro, prestando atenção. "Vou renovar a carteira de motorista". O outro, morto de ódio.

Tirando os raros casos em que Adalberto não tinha nada a dizer, falar com ele era divertido. Culto, quase sempre levantava assuntos interessantes. Além disso, gostava de ajudar todo mundo, o que o fazia muito querido. As pessoas só fugiam dele quando estavam com pressa, porque pedir uma informação a ele implicava numa resposta parecida com um quebra-cabeças e, consequentemente, demandava tempo para decifrar.

Nem sempre a conversa floreada de Adalberto produzia resultados positivos. Numa ocasião telefonou a um amigo para cumprimentá-lo pelo aniversário, dizendo: "Meus sentimentos". O amigo, que tinha um familiar internado no hospital, quase enfartou. Adalberto nem percebeu e continuou: "Meus sentimentos em relação a você estão repletos de bons desejos, boas intenções". Noutra, propôs à esposa um passeio pela Costa Oeste. Ela, que era uma de suas vítimas mais constantes, e de vez em quando perdia a paciência com os jogos de adivinhação do marido, ficou toda animada. Achou que se tratava da Costa Oeste dos Estados Unidos. Seu sonho de viagem era justamente conhecer a Califór-

nia. Adalberto percebeu, mas não desfez logo o mal-
entendido. Só uns dez minutos depois disse que era
a Praia da Barra, a Costa da Zona Oeste do Rio de
Janeiro. O tempo fechou. Quase se divorciaram.

Com o convívio, as pessoas ao redor de Adalberto se acostumavam à sua conversa indireta. O
problema era quando ele se dirigia a gente como
atendentes de loja ou conhecidos eventuais. Certo
dia foi a um ensaio de escola de samba. Apontou
para um grupo de mulatas, que achou deslumbran-
tes, e falou para o cara do lado, um tipo armário,
dois por dois: "Você viu o que eu vi?" Como de hábito, Adalberto acompanhou a frase com um sorri-
sinho, ao mesmo tempo misterioso e safado. Entre
as mulatas, estava justamente a mulher do sujeito,
que já andava meio desconfiado da dita cuja. Puto,
mesmo. Supôs que Adalberto sabia de alguma coisa
e resolveu lavar a honra. A porrada foi certeira.

Adalberto nem soube do que morreu.

ASSEMBLEIA

Quem primeiro se revoltou foi a abobrinha:

— É um absurdo usarem o meu nome para se referirem a uma coisa sem importância. Sou legume da melhor qualidade. Não é politicamente correto dizer pejorativamente que uma pessoa só fala *abobrinhas*. Falta de respeito. Se fôssemos bichos, imediatamente diversas sociedades protetoras de animais se manifestariam em nossa defesa. Mas não existe *uma* única sociedade protetora de vegetais. No entanto, sem nós, o que seria da vida animal? E é assim que nos pagam?

— Tem toda a razão a colega — retrucou o abacaxi. Estou cansado de ouvir as pessoas dizerem que vão *descascar um abacaxi*. Tudo por causa dos meus espinhos, que nem são assim tão agressivos. Puro preconceito contra a nossa classe.

— Concordo completamente com o abacaxi — aparteou o pepino.

— Ah, vocês ainda tem sorte — disse a banana. Sou sinônimo de xingamento. Chamar alguém de *banana* é ofensa grave. Ninguém se lembra das minhas qualidades nessa hora.

— Eu não posso me queixar — falou a uva, toda vaidosa — quando alguém é chamado de *uma uva*. Talvez vocês é que não sejam suficientemente bons.

A abobrinha levantou-se para reagir. A melancia, que era grande e impunha respeito, entrou na conversa para amenizar:

— Se a gente se dividir, não chega a lugar nenhum. Vamos nos manter unidos e tentar encontrar uma solução para o nosso problema comum. Antigamente, ninguém ouvia falar no meu nome, mas agora inventaram a tal da *mulher-melancia*. Prefiro nem explicitar a comparação que fazem comigo.

— Eu concordo com a melancia — aparteou o melão. Também sou vítima dessa mesma falta de respeito. Ficam dizendo que as mulheres querem seios iguais a melões. Não aceito isso de jeito nenhum: eu sou um produto inteiramente natural. Não quero o meu nome vinculado a produtos artificiais como esse tal de *silicone*.

O repolho, que presidia a assembleia, foi prático:

— Queixas não adiantam. Temos que tomar providências concretas. Estamos abertos a sugestões.

A abóbora pediu a palavra:

— Eu proponho que se contrate um publicitário famoso. O nosso problema é de imagem.

A cenoura ainda sugeriu algo diferente, mas o apoio à ideia da abóbora foi quase unânime. Alguns nomes foram citados, até que houve consenso em torno de um profissional, jovem, mas muito promissor. Restava saber como pagar pelo serviço, que devia ser bem caro. Quando estavam discutindo o assunto, a geladeira se abriu e lá de dentro ainda tiveram tempo de ouvir a patroa dizer para a empregada:

— Maria, pegue esses legumes todos que estão aí e faça uma boa sopa. Entre as frutas, veja qual está mais madura pra servir de sobremesa. Acho que é o abacaxi. Pode descascar. Pensando bem, ele é pequeno demais. Melhor picar também o resto das frutas e fazer uma salada.

Foi um deus-nos-acuda. Um ou outro ainda tentou se esconder. O jantar ficou ótimo, mas causou indigestão. Ninguém nunca soube por quê.

Rótulos: Explicações Elucidativas

(inteiramente baseado em fatos reais)

— Você já reparou nos rótulos dos produtos de beleza que as mulheres usam? Dá só uma olhadinha na embalagem deste protetor solar: *Preserva a pele dos efeitos nocivos do sol graças ao D.P.E.M., um novo sistema inovador de proteção fotoestável de excelente tolerância.*

— Graças a quê?

— *D.P.E.M.* São as iniciais de Dextra Poli Extra Molecular.

— Fiquei na mesma.

— Eu também, mas ajuda a vender. Veja este produto de maquiagem: *Gel pó aveludado que matifica instantaneamente e de forma duradoura a zona mediana do rosto. O seu perfume antibacteriano neutraliza os micróbios, para uma pele mais limpa.*

— Como pode existir *gel pó*?

— Sei lá. Acho pior falar em *perfume antibacteriano*. Pra mim isso é *Baygon*. Ainda apregoam que a pele fica mais limpa. Desde quando maquiagem limpa a pele?

— E *matificar,* o que é?

— Ah, essa eu sei há muito tempo. Quem me contou foi uma demonstradora de cosméticos. Deixa a pele mais opaca. Ela também não sabia explicar exatamente o que era, só repetia a decoreba do treinamento. E nem adianta ir ao dicionário, você não vai achar esse verbo. É inventado. Melhor ainda é observar como alguns produtos prometem tirar o brilho da pele, enquanto outros prometem recuperar a luminosidade.

— Vai entender!...

— Este aqui é um primor: *O Extrato Puro de Plancton Termal (EPPT) foi encapsulado em um lipossoma, pela primeira vez. Testes* in vitro *mostraram que o EPPT poderia ser fixado aos receptores dos queratinócitos de maneira a inibir a ação dos neuro-*

mediadores. Comprovou-se assim que o EPPT micro-vetorizado diminui as irritações.

— Não é maldade encapsular o pobre *EPPT* em *lipossomas*? Deve ter vindo do fundo do mar, e era livre.

— As mulheres leem isso e passam batido. Não se importam com *queratócinos, neuromediadores ou microvetorizados.*

— *Neuromediador* deve ser uma coisa bem útil quando estamos em conflito conosco mesmos. Será que vende separado?

— Achou graça? Veja mais um: *Complexo exclusivo de origem mineral e vegetal, age sobre a contractilidade das células dérmicas, contribuindo para a inibição das dermocontrações. Uma verdadeira revolução.*

— Esse é uma verdadeira revolução mesmo. Parece que o objetivo é ajudar no parto.

— Há uns ainda mais ininteligíveis. Olhe este aqui: *Os vetores de células trabalham para recuperar a luminosidade perdida e conseguir um aspecto jovem, vital e luminoso em apenas alguns instantes. Um coquetel de NADH, AMP e creatinina complementa o poder natural de ATP para incrementar os níveis de energia da pele.*

— Ciência pura... Matemática, física e muita química. E acabei de aprender que a pele tem níveis de energia escalonados, seja lá o que isso for.

— As mulheres engolem qualquer baboseira. Basta que uma anuncie que comprou um creme muito caro para todas as amigas desejarem comprar um igual.

— Mas esses cremes funcionam?

— Devem funcionar. Pelo menos até ser lançado um novo produto. Os fabricantes garantem que fazem um monte de testes.

— Mas, se ninguém entende o que está escrito, para que servem os rótulos?

— São fundamentais. As mulheres podem não entender nada, mas fazem questão de ler. Dá *status* ao produto. Faz parte do *mise-en-scène*. É psicológico. Difícil explicar o que leva uma pessoa normal a se sentir esclarecida quando lê: *Este creme preserva a pele dos efeitos nocivos do sol graças a seu sistema inovador MPI-Sorb que associa uma proteção orgânica fotoestável e de excelente tolerância a proteções minerais naturais MPI.* Mas está escrito aqui, no rótulo deste hidratante caríssimo. Se a tua mulher resolver usá-lo, vai te levar à falência.

— Nem vou perguntar o que é *MPI*.

— Nem adiantaria, porque eu não sei. Mas esse rótulo traz uma palavra-chave: *inovador*. Nesse ramo, novidade vende muito.

— A psicanálise explica.

— Então tente explicar este: *Complexo dermo-calmante exclusivo Acticalm que confere à pele uma calma profunda, uma infinita suavidade.*

— É para substituir o Lexotan quando a mulher fica nervosa. Será que vicia?

— Você tá brincando, mas o assunto é sério. Todo ano são lançados centenas de produtos novos. É preciso inventar rótulos que façam as mulheres largarem os cremes antigos e caros e experimentarem os cremes novos e caríssimos. Haja imaginação.

— Nunca tinha prestado atenção no assunto, mas você está tão bem informado que até parece trabalhar no ramo.

— Puxei a conversa de propósito. Você é meu amigo e quero te contar um segredo. Recebi uma oferta irrecusável de emprego nessa área. Salário alto, cargo de prestígio em empresa multinacional, condições de trabalho excelentes.

— Você vai escrever rótulos?

— Não. Bulas de remédios.

MATEI, SIM!

Matei o vizinho, sim, doutor delegado. Foi inevitável. Não deu pra segurar.

Veja bem: na segunda-feira a gente se encontrou no elevador e ele, o Clóvis, puxou conversa a respeito do casal gay do 701. Explicou, tintim por tintim, por que era a favor: "Cada pessoa deve seguir sua própria natureza. Ninguém tem o direito de se meter nas decisões alheias."

Fez um discurso pra lá de completo sobre as liberdades individuais. Até então, eu não tinha opinião formada sobre o assunto, mas os argumentos que ele apresentou eram realmente fortes. Me convenceram.

Na terça, ele me encontrou na garagem e relatou, em pormenores, a briga entre o porteiro-chefe e o vigia da noite. Chamou o vigia de *safado* e *cínico*, disse que ele dormia mais do que a cadeira em que ficava sentado. Estava disposto a liderar um abaixo-assinado para que o condomínio despedisse o vigia.

Na quarta, foi o barraco entre duas empregadas do terceiro andar. Delegado, eu tenho horror a essas fofoquinhas: já bastava a briga dos porteiros no dia anterior. Tão neutro quanto a minha paciência permitia, aguentei firme o relato sobre a briga das empregadas e a descrição dos motivos de cada uma. Já nem lembro a qual delas o Clóvis dava razão, mas isso não vem ao caso, porque no dia seguinte ele certamente já teria mudado de ideia.

Doutor, eu convivo com esse vizinho há uma década e todo dia ele me mantém, à revelia, informado das mazelas do prédio. E fofoca é o que não falta em um prédio de doze andares com dezesseis apartamentos por andar. Em um condomínio assim, por que logo eu tinha que morar exatamente ao lado desse chato? O apartamento dele é colado ao meu, não dava pra escapar do assédio. Quando comprei o imóvel, percebi que o cara que me vendeu andava muito nervoso. Como, além disso, estava vendendo por um valor abaixo do mercado, deduzi que ele enfrentava problemas financeiros. Hoje tenho certeza de que foi por causa do vizinho. Eu devia ter desconfiado. Senti a barra logo que nos mudamos. Em várias ocasiões tentei revender o apartamento, mas minha mulher e minhas filhas adoram o local e eu não tenho recursos para comprar nada parecido nesta área da cidade. Esse tempo todo, venho empurrando o problema com a barriga. Pra piorar as coisas, o Clóvis tinha um jeito simpático de narrar as fofocas e minha família dizia que eu implicava à toa. Ele era aposentado, sem nada pra fazer a não ser vigiar a vida dos outros e depois contar pra mim. Perdi a conta das noites em que acordei banhado em suor por causa de um pesadelo recorrente: sonhava que ele tinha se mudado para um quarto no meu próprio apartamento. Juro, senhor delegado.

Mas, continuando: na quinta-feira ele voltou ao problema dos porteiros. Agora, era a favor do vigia: safado era o porteiro-chefe. Questionei a mudança. Ele respondeu da forma que sempre fazia: "Depende. Ora uma coisa é assim, ora é assado. Na vida tudo depende."

Imagine, doutor, o que é conviver por mais de dez anos com um fofoqueiro que dá opinião em tudo, mas que muda essa opinião a cada meia hora, sempre justificando da mesma maneira: "Depende. Ora uma coisa é assim, ora é assado."

E tome lenga-lenga sobre como a vida é cinza e nada é inteiramente preto ou inteiramente branco. O duro eram as justificativas detalhadas — deta-lha-dís-simas! — para cada novo ponto de vista. Ainda por cima, revestidas de ar professoral, como se ele estivesse dando uma aula magna.

Nem bem o Clóvis acabou de falar dos porteiros, emendou no assunto do casal gay, dizendo que nenhum pai de família podia concordar com aquela pouca vergonha, que isso de ser gay é contra as leis da natureza.

"Mas, e o que você defendeu tão ardorosamente no começo da semana?"

"Depende. Ora uma coisa é assim, ora é assado: a vida é cinza."

Seguiram-se vinte minutos inteirinhos de pregação capaz de enlouquecer qualquer um. Só uma gota a mais, se comparados aos meus dez anos de suplício. Dez anos, doutor, dez anos!

Foi aí que resolvi me livrar do "depende" de uma vez por todas, com uma estratégia que eu vinha bolando faz tempo. Caí na asneira de perguntar ao cara se ele acreditava em Deus. Minha intenção era mandá-lo, na falta de lugar mais apropriado, para uma dessas igrejas novas, onde alguém se encarregaria de dar trela a seus argumentos e o manteria um pouco afastado do prédio. O senhor sabe: nada como um maluco pra dar conta de outro. E eu já estava preparado pra sugerir dois ou três endereços de templos ali perto.

Apanhado de surpresa, coçando a cabeça, ele começou: "Bem, depende..."

Como se estivesse pensando alto, enumerou uma série de argumentos, uns a favor e outros contra a existência de Deus, iniciando cada frase por um "depende". Ficou muito agitado, até pensei que ia ter um troço. Mas eu não estava com sorte, porque ele recuperou a calma e, falando sério, perguntou: "Podemos nos encontrar amanhã às nove para eu lhe dizer com certeza se acredito ou não em Deus? Porque, você sabe, depende..."

Imagine: até aquele momento ele nunca quis marcar hora comigo. E, como se não bastasse, era pra discutir a existência de Deus! O senhor acha que isso é o que eu desejo para o resto da minha vida? Fiquei em pânico. Agi sem pensar. Entrei correndo no carro e saí à toda. Inesperadamente, ele se colocou na frente do veículo, tentando impedir que eu fosse embora sem lhe dar resposta. Ainda tentei frear, mas era tarde. Acertei o Clóvis em cheio. Foi errado, eu sei, mas quem atira a primeira pedra? Estou confiante de que o júri me absolverá. Legítima defesa.

DEZEMBROS

O deio dezembros. Por que tudo tem que cair exatamente em dezembro, as compras, o cozinhaço, as comemorações obrigatórias? Amo os meus amigos o ano todo. Por que eles precisam ouvir isso sempre apenas e exatamente em dezembro? Às vezes até penso que seria melhor mudar de amigos. Ou de religião.

Se eu fosse judia, o fim do ano seria aí por setembro, outubro. Não sei se resolveria o problema: em dezembro, os meus amigos judeus ficam quase tão estressados quanto eu. É o tal do calendário civil. Poderoso, esse infeliz. Nem os judeus resistem a ele.

Acho que os chineses também não, apesar de contarem o tempo de outra forma e dividirem os anos entre vários bichos. Mas negócios são negócios, e os chineses respeitam dezembros.

Quem sabe se eu me convertesse ao islamismo e mudasse de país? Mas me parece um canhão pra matar um passarinho, e acho que sou alérgica a burcas. Não tem jeito: todo ano tenho que sobreviver a um dezembro.

Além de tudo, em dezembro ainda temos que ficar felizes. As pessoas, incluindo eu, todas sorridentes, se desejam *Boas Festas*. Boas, uma ova. Eu preferia que já fosse janeiro.

No trabalho há o dobro de tarefas para realizar na metade do tempo. Como se não bastasse, inventam uma enxurrada de *happy hours* e de *amigos ocultos*. Até a *Associação dos Cozinheiros Amadores da Cochinchina* faz reunião de fim de ano. E você precisa terminar não sei quantos relatórios enquanto cumpre a sua obrigação de ser feliz em dezembro.

Sem falar nos presentes que você tem de comprar. O décimo terceiro foi inventado para favorecer exclusivamente os comerciantes, as únicas pessoas que são felizes de verdade em dezembro. Comprar múltiplos presentes requer imaginação ilimitada, e é uma sorte quando o futuro presenteado diz o que quer. Como aquele seu sobrinho de oito anos, que no ano passado pediu um *Ultra-Super-Man*. Quase esgotado nas lojas e caríssimo, mas você conseguiu. Este ano ele te pediu exatamente a mesma coisa. Você pergunta por que e aprende que agora existe o *Hiper-Mega-Ultra-Super*-Man e que o garoto está traumatizado porque é o único da classe que ainda não ganhou esse troço. Esgotado e ainda mais caro. Mas se você não conseguir, vai ter que ajudar a pagar analista pra ele daqui a alguns anos. Melhor enfrentar.

E o presente da tia Hilda, que é uma chata e tem tudo? Em novembro, previdente, você comprou para ela um creme maravilhoso, último grito da moda. O fabricante alardeava a vantagem de ser um creme sem perfume, para não interferir no uso da fragrância predileta de cada um. Na semana do Natal o tal fabricante vem e anuncia, em letras garrafais, em todas as revistas que a sua tia Hilda lê, uma nova versão desse creme, enfatizando que é delicadamente perfumada. Pronto, você gastou uma fortuna e vai dar um produto já *démodé*. Isso deveria estar sujeito a indenização por perdas e danos. E todo mundo tem uma tia Hilda, não adianta negar.

Em dezembro, você tem que ir mais vezes ao supermercado, e, para piorar as coisas, a empregada falta porque é dezembro para ela também. A ceia de Natal dá o maior trabalho, e a festa, com a família reunida, é sempre uma chatice. Mas você está obrigatoriamente feliz, não se esqueça disso. Aguentar aquele primo nojento, pelo menos, é só uma vez por ano. Se a família for grande, ainda dá pra levar. Mas se for pequena...

Estou convencida de que se eu liderasse uma campanha pra acabar com os dezembros, teria toneladas de seguidores. Só que agora não tenho tempo pra isso. Afinal, é dezembro. Boas Festas!

PEQUENO TRATADO DE GATUNAGEM

Sei que o protesto vai ser geral, mas vou dizer: somos um país de ladrões. Atenção: eu não disse *assaltantes*, disse *ladrões*. Deus nos livre dos assaltantes, que, além de nos levarem a bolsa, muitas vezes nos levam também a vida. E o sossego, mesmo quando não nos atacam explicitamente.

Somos apenas ladrões, uns mais que outros, permeando todos os níveis da sociedade. É a cervejinha do guarda, a extorsão do flanelinha que não toma conta de coisa nenhuma, são os dólares na cueca, os apartamentos funcionais, as contas no exterior, o nepotismo. E já que somos assim, vamos fazer direito. Pelo menos isso.

Então, vou dar minha modesta contribuição ao assunto. Despretensiosa. Simplória mesmo. Não sou nenhuma especialista, mas, como qualquer brasileiro, poderia escrever um *Pequeno Tratado de Gatunagem*. Escolhi um único tema: como roubar nos supermercados, e vou me restringir a apenas dez dicas, umas bastante arriscadas, outras com garantia de praticamente cem por cento de impunidade.

Só peço ao leitor que não traduza este texto para nenhuma outra língua. Acho que ainda nos resta alguma vergonha na cara. Em breve, talvez nem isso, mas continuaremos sendo um país de espertos, não é mesmo? E agora chega de papo furado e vamos ao que interessa: a parte prática.

1. Esconda mercadorias na bolsa ou debaixo da roupa. É o pior método, muito usado pelas pessoas mais necessitadas. Evite-o. Mostra falta de imaginação e baixo nível cultural. Mas se você arriscar e for apanhado, trate de arranjar um psiquiatra para provar que você é cleptomaníaco. Ele vai te cobrar uma nota preta. Ladrão que rouba ladrão...

2. Coma as mercadorias ali mesmo, o que destrói automaticamente a prova do crime. Se algum

fiscal te interpelar, você tem duas saídas: dizer que estava provando e que vai comprar uma quantidade boa daquilo ou dizer que vai levar a embalagem vazia para pagar no caixa. O único risco é ter que pagar pelo produto.

3. Leve uma criança junto e peça a ela para usar o método anterior. Isso cria uma terceira saída para o caso de você ser apanhado. Mas há o risco de a criança não querer dividir o produto com você... Não discuta com ela em público: arranje uma criança sem ideias próprias.

4. Escolha uma caixa que esteja distraída, conversando com a empacotadora, e passe um ou outro produto sem registrar. Por exemplo: leve onze caixas de leite e só pague dez.

5. Adultere as etiquetas dos produtos, pegando uma de valor menor e colocando por cima da original.

6. Quando for pesar a mercadoria, segure-a de forma a não apoiar totalmente o volume na balança. Sempre se ganham alguns gramas.

7. Se a caixa te perguntar que produto é aquele, diga sempre que é o similar mais barato. Por exemplo: compre laranja-lima pelo preço de laranja-pera. Funciona muito bem com legumes que tem tipos variados: tomates, alfaces, melões etc.

8. Arme um banzé por qualquer motivo. Há uma grande chance de conseguir alguma compensação. Mas procure não prejudicar nenhum funcionário, afinal, gatuno também tem código de honra. É preferível alegar ter visto um rato a dizer que foi destratada. Até porque o rato não pode se defender. Diga que passou mal por causa de um produto comprado no dia anterior. Nesse caso tem que levar sobras azedas, e para isso basta deixar qualquer coisa fora da geladeira por um tempo razoável. Importante: não use maquiagem de espécie alguma quando for reclamar. A não ser que seja para realçar olheiras, simulando uma fisionomia abatida.

9. Vá ao supermercado só para passear e provar as amostras grátis. Não se esqueça de encher um carrinho, que depois você larga em qualquer lugar. Dependendo do dia e do local, dá para sair de lá almoçado. Risco zero. Só não dá para escolher o cardápio.

10. Faça amizade com um funcionário, de preferência um daqueles que pesam coisas como bacalhau ou carne ou peixe. Dê um troco para ele pesar o produto sem os rabos e/ou as pelancas. Afinal, o supermercado também te rouba, cobrando esses adicionais inúteis a peso de ouro. Ladrão que rouba ladrão, você já sabe...

E você acha que eu sou uma grande gatuna? Errado. Sou honesta. E revoltada com tudo isso que vejo acontecer durante anos a fio. Aposto que você também. É claro. Somos todos da mesma laia.

Esta obra foi composta em Minion 11/13,1.
Impressa com miolo em offset 75g e capa em cartão 250g,
por Createspace/ Amazon.